Un abuelo, sí

Nelson Ramos Castro
Ramón París

Ediciones Ekaré

Mi abuelo me regaló un perro negro que se llama Mariscal.

Mariscal juega con mi abuelo y corre por la hierba.

Los tres jugamos a perseguirnos. Mi madre se asusta y a veces se enfada.

Y entonces, Mariscal juega con ella también. Mi mamá se queja todo el tiempo de nosotros tres.

Todos los niños deberían tener una mascota.

Un pececito, una tortuga, un burro, un elefante, una ballena...

Una ballena, no.

Mi mamá dice que se volvería loca bañándose con una ballena en la bañera.

Todos los niños deberían tener una mascota.

Un pájaro, una oveja, un caballo, una jirafa, un tigre...

Un tigre, no.

Mi mamá dice que se volvería loca comiendo con un tigre en la mesa.

Todos los niños deberían tener una mascota.

Una guacamaya, una cigüeña, una culebra, un caimán, un gorila...

Un gorila, no.

Mi mamá dice que se volvería loca haciendo ejercicios con un gorila.

Todos los niños deberían tener una mascota.

Un gato, un sapo, una rana... un perro como Mariscal. ¡Ah! y un abuelo.

Un abuelo, sí.

Mi abuelo dice que en el corazón está toda la magia del mundo y la bulla de la vida.

Y entonces ladra, relincha, ruge, pía, maúlla, brama, bala y aúlla de corazón.

¡Qué bueno es tener un abuelo así!

Edición a cargo de Carmen Diana Dearden
Diseño y dirección de arte: Irene Savino

Basado en la propuesta editorial de Yara Bermejo

Fotografías de Mauricio López Viana

Primera edición, 2011

© 2011 Nelson Ramos Castro, texto
© 2011 Ramón París, ilustraciones
© 2011 Ediciones Ekaré

Edif. Banco del Libro, Av. Luis Roche,
Altamira Sur, Caracas 1060, Venezuela

C/ Sant Agustí, 6, bajos, 08012 Barcelona, España

www.ekare.com

Todos los derechos reservados
ISBN 978-84-937212-6-8

Impreso en China por South China Printing Co. Ltd.